JN140089

清水哲男

換気扇の下の小さな椅子で

書肆山田

目次——換気扇の下の小さな椅子で

換気扇の下の小さな椅子で

手

日が昇る
校庭に
赤い手の子供たちが整列する

一粒の麦もし死なずばというお話
見上げると音楽室の窓から

タンクタンクローが小さく手を振っている

いつだって麦は頑強に畑で育ち
いつの日かおれたちは
麦畑のない町で死ぬだろう

背中いっぱいに日を受けて
赤い手を突き上げて
おれたちは校歌をうたう

校庭に立つ埃が今日も
赤い手を垂らしたおれたちを
放課後のつらい労働に巻き込んでいくだろう。

商店街

角を曲がると
いきなり坂が激しく
落ちてゆき
しがみついた商店街の
八百屋にもその人参たちにも
総菜屋にもそのコロッケたちにも
パリのような夕日が張り付いており

わたった道の楽器店にも
そのウインドウにも
隣のペット売り場の
その猫の目にも
パリのような夕日は瞬いており
ガラスのお姫様と忠実な鉛の軍楽隊とが
玩具店で両手を振り
王様はいかめしくも
麦酒を賞味しておられるのであった

私はポケットに手を入れて
坂道をそろりそろりと歩いてゆき

集まりのある酒場へと向かっているのですが
出ているはずの看板が見当たらず
行き過ぎたかなと
降りてきた坂道を見上げてはみるものの
わかるはずもない
小さなタバコ屋で一箱買って
尋ねてみるけれど
店員はキョトンとしたままだ

だんだんと夕食のための買い物客が
増えてきて激しい坂道には活気があふれ
軒を高くした商店街に私の尋ね先は

見当たらず
パリのような夕日は
だんだんと足元に足元にと落ちて行き前方に
大きな赤い輪を坂道に折りたたむようにして
寝そべり始め寝そべって薄暗く欠けた部分から
急に一声
大きな時報が聞こえたのだった。

天眼鏡

訃報欄を読む男
天眼鏡に映り込む窓外の緑の破線を
指でゴシゴシ消すようにして
一文字ずつ読んでいく
死んだ男のことは
何も知らない
冶金工学って何なんだ

そもそも冶金とはどういうことか
それでも読んでいるのは生年が同じだからだ
同じ空爆下を逃げ惑い
同じ給食のコッペパンで食いつなぎながら
なぜこの男は冶金の勉強へと向かい
この俺は何事をもしようとはしなかったのか

同じ頃パリのアパルトマンで
同じように訃報欄を読む男
天眼鏡に映り込む西日の反射光を
指でゴシゴシ消すようにして
一文字ずつ目を這わせていく

死んだ男のことは何も知らない
ただ同年生まれのよしみが二人を親密に思わせている
八十歳で死ぬこととなお生きていることとが
その偶然が
見知らぬ者同士を固く結びつけ
と同時に　慰めようもないほどに遠く隔てている
そこでくるりと男はドアの方を向き
ため息をつく

燃える落日の光線で
天眼鏡が裏返り
緑の破線と夕日の反射光の中で

一瞬互いの目が合い
そして同時に目を背けて首を垂れる。

ベッド

琵琶湖の周囲を歩いている
歩いているうちに
気まぐれでひょいと横道に外れてみる
細くて暗い繁みの中をトボトボと行くと
いかにも田舎風なつくりの駅舎の前へと出た

駅の名前を確かめてみるが
聞いたこともない地名が書かれている
待合室では何人かが
黙りこくって列車を待っている

いささか疲れていたので
乗ってみようかと路線図を見てみると
始発から終点まで知った駅の名前がない
駅員を目で探すが見当たらない

いつしか日はとっぷりと暮れていて

このままでは宿に戻れないぞと
焦る気持ちの中で目が覚めた
身体はちゃんとベッドの上にあった

だから安心してまた
どうやって戻ろうかと焦りはじめ
とりあえず列車に乗っていれば
乗換駅が見つかるかもしれないと思いつく

やがて窓外に琵琶湖がキラキラと見えてきた
なあんだと安堵していると

車内がざわめいて
「三途の川だ」という声が聞こえる

そこでハッとしてまた目が覚め
身体がベッドの上にあることを触って確かめ
そしてまた深く安堵しながら
今度は死にゆく自分を
ベッドと同じように確認してみるのであった。

♬と歩行

日暮れ近くビールを飲みながら
ときどき立って台所に行き
換気扇の下の椅子に腰掛けて
煙草を喫う
たかが10メートルを移動するのに
10秒近くはかかる
　♬歩けないのか

山田の案山子
そんな唄があったっけ
苦笑して
「トシだなあ」とひとり呟く
♬野原も山も薄みどり
　僕らは子供の健脚部隊
ことさらに歩くことを意識させられるのは
あの戦時中以来だ
♬恋をしましょう　恋をして
　浮いた浮いたで暮らしましょ
まるで歩行など気にもかからなかった頃
しかしいちばん人生を踏み間違えていた
♬だるまさんがころんだ

から
♬あなたにもらった帯留の
　だるまの模様がちょいと気にかかる
まで
歩けないのではなく
歩かないだるまさんを見習うべきだったのか
♬さっき聞こえし馬賊の唄
　どこで呑んだか酒くさい
ともに酒を汲んだ若き日の友よ
いまは亡きまっすぐに歩いて行った友だちよ
単調な換気扇の音の中へと
むらさきの煙は吸い込まれてゆき
灰皿に煙草の火を押しつけてから

僕はビールのテーブルにのろのろと戻る
間も無く歩行の及ばぬ遠くの地平に日が沈み
歩くことなど気にしないですむ夢の時間が
忍び足でやってくるというわけさ。

新年

我々は太陽のまわりを回っている
回りながら泣いたり笑ったり
時には祈ったりする
日はめぐり
我々は祈ったり裏切ったり
時には挫折したりする
我々は太陽がやがて消滅することに気づいているが

我々はなお泣いたり笑ったりしている
その時はどんなだろうか
いきなり真っ暗になるのだろうか
それとも太陽は目の眩む光を放つのだろうか
太陽のまわりを巡りながら
我々は普段そのことを気にしていない
我々は新しい年の太陽にだけ
手を合わせてからいっせいに頭を垂れて
一服の屠蘇を汲み一椀の雑煮を喰らいながら
一個の命を流星のように消耗させてゆく。

飛車角

幼い人が厚紙を切っている
幼い人は将棋の駒を作っている
幼い人はまず飛車と書き角行と書く

それから小さい駒を作って
いささか大きめに切った駒に

桂馬と書き香車と書く
最後に王将を二個作り
今度は母親の鯨尺を持ち出して
盤面を作る

幼い人はそれらを持って
友人宅を訪ねるが
友人は将棋を知らない

そこで駒をごちゃ混ぜにして挾み将棋を始める
牛小屋の前の陽だまりに筵を敷いて

その友だちの家にはお兄ちゃんがいたけれど
お兄ちゃんも本将棋は知らなかった
挾み将棋も好きではなかった

幼い人はお兄ちゃんの歳になっても
挾み将棋をつづけた
幼い人は挾み将棋でも飛車角を大事にした

幼い人は大人になってからも
挾み将棋を好んだ
幼い人は老いてからも飛車角を大事にした

幼い人はやがて死んだ
その友だちも死んだ
飛車と角行とで谷間を挾むようにして
ふたりの墓碑は崩れ倒れている。

探偵物語

こちらの道を探偵が歩いていく
あちらの道を犯人が歩いていく
やがて二本の道は交差し
その地点でふたりはすれ違い
すれ違った途端に
ふたりは入れ替わる
入れ違ったふたりは

それぞれの道に分かれて
歩いていく
そこへそれぞれの道の前方から
不特定多数の読者が
歩いてくる
彼らは
元犯人だった探偵と
元探偵だった犯人とにすれ違う
「ボンジュール　ムッシュー」
笑いかけたり
訝しげにジロジロ眺めたりする
元犯人だった探偵はあくまでも愛想よく
元探偵だった犯人はあくまでも無愛想だ

おお道よ　立つ埃　二本の道は
やがて二本とも行き止まりになることを
探偵も犯人も毫も知るまい。

八十歳

明るい日差しがカーテン越しに見えている
光の中で
編集長の寺田博さんが生原稿を読んでいる
デスクの杉山正樹さんが赤鉛筆を握っている
同僚の金田太郎くんは電話をかけている
鬼籍の人たちはみな若く
みな一様にネクタイを緩めている

カーテンの向こうの陽だまりも若い

その陽だまりの向こうでは
さくらがはや散り初めている
カーテンのこちら側には
八十歳になった男が座っていて
インスタントコーヒーをすすっている
立ち上がってカーテンをひきあけると
鬼籍の人たちは陽炎のなかに微笑して消えていく
そこで男は薄暗い厨房によたよたと歩いていき
換気扇の下の小さな椅子に腰掛けて
タバコに火をつける。

血と泥

中学時代の友人で
山口県警の機動隊員だったＹＭ君は
訓練中に居眠りをして隊から外された

そのとき二十歳だった私はといえば
奈良の勤評闘争で

大阪府警の機動隊員に頭を警棒で殴打され
側溝の中にたたき込まれた（血と泥のにおい）

まだゲバ棒など持たなかった時代だ
私たちは素手でスクラムを組み
インターを歌っていただけだった

その後の安保闘争では
無防備のデモ隊を守るための要員を配置するようになり
私もそのメンバーに選ばれた

機動隊との小競り合いの中で
私は常に機動隊員の警棒の使い方を注視していた
「首から上を殴打してはならない」と
警官の服務規程には書いてある

機動隊員はみな若かった
同世代の彼らは同世代の大学生たちを
憎んでいたのだろうか

いちどＹＭ君に聞いてみたいと思っていたが

彼は以後一度もクラス会に出てくることはなかった

寒くなるとかつて私の打たれた部分が
いまだになんとなく痺れたような感じになる
最近では居眠りすることも再三である。

懐しき雨降り

雨が降る　しきりに降ってくる
目の前の男は傘もささずに
悠然と煙草をふかしながら歩いてくる

ときには横殴りの雨
またときには足元から

男は平然と拳銃を引き抜き悪に立ち向かう

場末の映画館で俺も煙草に火を点け
雨降り映画を見ている
と途中で場内に薄暗い明かりが点き
しばらく休憩のアナウンスが告げられる

表の雨の中を初老の男が
雨合羽を着て自転車で
生活のために大きな缶を運んでくる
缶の中には疵だらけのフィルムが入っている。

折り合い

よく描けるサインペンをひねくりまわして
漫画家になれなかった自分と
どこで折り合いを付ければ良いのかと
傘寿の私が未だに戸惑っている

まともな画用紙もなかった頃に

必死で真似をしたキャラクターたちを
いまでも描けそうな気はしているが
ついに描く気にはならないでいる

怖いのか　それとももうとっくに
折り合いがついてしまっているのか
わからないままにサインペンを
もてあそんでいる傘寿の自分

Gペン　ケント紙　そして墨汁
これらさえ揃えば天下無敵と思っていた少年期と

それらを簡単に揃えられる傘寿の私とが
同じタンクタンクローの夢をよくみている。

梅雨明けの唄

梅雨明け十日のはじめての雨降りの朝
薄明の通りを
昔の豆腐屋が高らかに喇叭を鳴らして出発する
いつものように川向こうから
犬の遠吠えが聞こえてき
新聞配達夫がジグザグに走ってくる頃
あちらからゆっくりと歩いてくるのは

死んだ友だちである
きゃあきゃあと声をあげてすぎるのは
ラジオ体操である
また蟬の亡骸の最後のつぶやきであり
あっけなく忘れられた流行歌である
空の深みには開封されたばかりの煙草パックが
看板のように釣り下がっており
地の果てでは夫婦茶碗が整えられている
そしてまた時代の余震が起きて
蹴られているのはビールの空き缶であり
死んだ友だちの青春切符の束である
そこで友だちは紙挟みを覗き込み
地図で行く先を確かめる

一歩踏み出せば死者はもう後戻りはしない
私にも会う気はないだろう

行く手では「平成」の橋が落ちている。

酷暑抄

もう朝が来たのか
朝顔の蔓が焦げ付き
黒豆が発酵しはじめる頃
幼い人がひとり静かに
未来の恋人に囁きかけている
老いた人は寄り集まって
紙芝居のはじまりを待っている

どこかの奥さんが味噌汁を温めなおし
どこかの医師が死亡時刻を記している
暑いなあ

どこかでセミが抜け殻を残して鳴きはじめ
どこかでバッタが水鏡に見入っている
玩具店の日除けのかげでは
売れない鉛の兵隊が整列しはじめ
実家の玄関先では
亡き母が見送りの手を振っている

遠くからかつての少年共産党員が
ビラを撒く仕草で近づいてくる
同志同士は昔も今も暑苦しいなあ
俺はもう咥えタバコですっかり
彼の世行きを決め込んでいるというのに。

風景

大きなねじ釘で青空を留める
中くらいのねじ釘で丘を留める
小さなねじ釘で小さな家を留める
小さな家には小さな煙突を建てる
家の屋根は赤く塗り壁は薄緑色に
煙突からは白い煙が
ひとすじの生活の息吹が立ち上り

あたりには良い匂いが漂い始める
犬が通りかかる
自転車が過ぎていく
大きな鳥がばさりと羽撃く
家の中から子供らが走り出てくる
そしてまた走り込んでいく
道には小さな麦わら帽が残される
そのうちに百年が経過し
ねじ釘が緩み
ある日突然にがくりと首を折る
青空も赤い屋根の家も小さな煙突も
そよろと吹いてきた風に吹き剝がされ
裏返って真っ黒になる

死はそのようにいつも訪れる。

秋へ

煙草の灰が落ちるように
季節は秋へと落ちてゆく

甲子園のグラウンドに
無数の落下したボールの軌跡が残っている

多くの歌が歌われていた
歌われていたよ

時代の歌には
落ちていった友軍機の残骸が残り

高射砲陣地跡には
兵士たちの若い悲憤が漂う

なおサングラスには夏の名残が移ろうが
季節は容赦なく我らをすぎてゆく

蟬たちを樹木から落下させ
我らの歌も唇から引き離す

大雨警報が発令され
それに我らの日常が慣らされてゆく

引き出しを開けてみると

我らの夢は湿りかけており
昔の歌のなかで
密かに涙ぐんでいる

去れよ　感傷
去れよ　憂愁

秋はまっすぐに我らを見つめ
いままっすぐに近づいてくる。

冒険ターザン

みんながターザンだった
森に入り太い樹の枝に縄を吊るして大声で
アーアー　アーアー
ぶら下がって行ったり来たり
暗くなるまで
アーアー　アーアー
近くにあったニッケの木の皮はあらかた

ターザンたちが剝がして舐めてしまい
獰猛なケダモノたちの顔つきをしていた
アーアー　アーアー
雄叫びをあげて森を離れる頃には
いつも夕日が沈みかけていた
（ごはんだよー）
みんな農家の子だったターザンたちは
急いでニワトリと弟妹たちをかき集め
さて明日　宿題を忘れた言い訳をどうすんべいかと
アーアー　アーアー
寝床の中に縮こまって考えを巡らしているうちに
いつしか無情にも朝が来て
蒸かし藷だけの弁当を提げて学校に行き

アーアー　アーアー
森のケダモノよりも怖い先生の話を
うなだれて静かに聞き
当てられたら
「わかりません」と小さく答え
アーアー　アーアー
二二んが四　二三が六と唱和し
ターザンに戻るまでのターザンたちは
やがてターザンの齢（幾つだったのか）を超えるなどとは
夢にも思わずにいて
しかしいつしか
アーアー　アーアー
脊柱管狭窄症になったターザンのひとりは

杖を引いて夕日の眩しいコンビニの前でよろめいて
人生はゆめまぼろしなどと呟きながら
アーアー　アーアー
千円以内で買うべきもののメモをポケットに探ったり
しているのだった。

初出記録——

手——「BD」1、二〇一七・五
商店街——「BD」5、二〇一七・九
天眼鏡——「BD」6、二〇一七・一〇
ベッド——「BD」7、二〇一七・一一
♬と歩行——「BD」8、二〇一七・一二
新年——「BD」10、二〇一八・一
飛車角——「BD」11、二〇一八・二
探偵物語——「BD」12、二〇一八・三
八十歳——「BD」13、二〇一八・四
血と泥——「BD」14、二〇一八・五

懐しき雨降り——「BD」15、二〇一八・六
折り合い——「BD」16、二〇一八・七
梅雨明けの唄——「BD」17、二〇一八・八
酷暑抄——「BD」18、二〇一八・九
風景——「BD」19、二〇一八・一〇
秋へ——「望星」10月号、二〇一八・一〇
冒険ターザン——「BD」4、二〇一七・八

*

「BD」は、二〇一七年四月より毎月初旬に発行される清水哲男個人月刊誌。BANDE DESSINÉE の略。フランス語圏では芸術性の高い漫画のことだが、当誌では「デッサンの束」の意で使用。

清水哲男（しみずてつお）

一九三八年生れ。

詩集に

『喝采』（一九六三年・文童社）

『水の上衣』（一九七〇年・赤ポスト）

『水甕座の水』（一九七四年・紫陽社）

『スピーチ・バルーン』（一九七五年・思潮社）

『野に、球』（一九七七年・紫陽社）

『雨の日の鳥』（一九七八年・アディン書房）

『甘い声』（一九七九年・アディン書房）

『掌のなかの映画』（一九八〇年・河出書房新社）

『地図を往く雲』（一九八三年・紫陽社）

『東京』（一九八五年・書肆山田）

『夕陽に赤い帆』（一九九四年・思潮社）

『緑の小函』（一九九七年・書肆山田）

『黄燐と投げ縄』（二〇〇五年・書肆山田）――ほか

句集に『匙洗う人』（一九九一年・思潮社）、『打つや太鼓』（二〇〇三年・書肆山田）。

エッセイに『増殖する俳句歳時記』（二〇〇六―一六年・インターネットサイト）――ほか

換気扇の下の小さな椅子で＊著者清水哲男＊発行二〇一八
年一二月五日初版第一刷＊発行者鈴木一民発行所書肆山田
東京都豊島区南池袋二—八—五-三〇一電話〇三-三九八八
—七四六七＊装幀亜令＊組版中島浩印刷精密印刷石塚印刷
製本日進堂製本ＩＳＢＮ九七八-四-八七九九五-九七九-九